CONOCE LA HISTORIA DE ESTADOS UNIDOS
EL MOVIMIENTO DE DERECHOS CIVILES
WE DEMAND
VOTING RIGHTS NOW!
AN FEPC LAW NOW!
Washington Board Rabbis
I.U.E.
HOWARD JOHNSON SERVE EVERYONE EVERYWHERE CORE
I0821832
JOHN O'MARA
TRADUCIDO POR ALBERTO JIMÉNEZ
Gareth Stevens PUBLISHING
ENCONTEXTO

Please visit our website, www.garethstevens.com. For a free color catalog of all our high-quality books, call toll free 1-800-542-2595 or fax 1-877-542-2596.

Cataloging-in-Publication Data

Names: O'Mara, John.
Title: El movimiento de Derechos Civiles / John O'Mara.
Description: New York : Gareth Stevens Publishing, 2020. | Series: Conoce la historia de Estados Unidos | Includes glossary and index.
Identifiers: ISBN 9781538250341 (pbk.) | ISBN 9781538250365 (library bound) | ISBN 9781538250358 (6 pack)
Subjects: LCSH: African Americans--Civil rights--History--Juvenile literature. | Civil rights movements--United States--History--20th century--Juvenile literature. | United States--Race relations--Juvenile literature.
Classification: LCC E185.61 O43 2020 | DDC 323.1196'073--dc23

First Edition

Published in 2020 by
Gareth Stevens Publishing
111 East 14th Street, Suite 349
New York, NY 10003

Translator: Alberto Jiménez
Editor, Spanish: Rossana Zuñiga
Editor: Therese Shea

Photo credits: Series art Christophe BOISSON/Shutterstock.com; (feather quill) Galushko Sergey/Shutterstock.com; (parchment) mollicart-design/Shutterstock.com; cover, p. 1 Express Newspapers/Hulton Archive/Getty Images; p. 5 Photo 12/Contributor/Getty Images; p. 7 Everett Historical/Shutterstock.com; p. 9 Universal History Archive/Getty Images; p. 11 FPG/Archive Photos /Getty Images; pp. 13, 15 Bettmann/Getty Images; p. 17 Don Cravens/The LIFE Images Collection/Getty Images; p. 19 John Melton/Oklahoma Historical Society/ Archive Photos/Getty Images; p. 21 Underwood Archives/Getty Images; p. 23 - / Contributor/AFP/Getty Images; p. 25 Cecil Stoughton, White House Press Office (WHPO)/ Wikimedia; p. 27 Hulton Archive/Getty Images; p. 29 Felix Lipov/Shutterstock.com.

Printed in the United States of America

CPSIA compliance information: Batch #CW20GS: For further information contact Gareth Stevens, New York, New York at 1-800-542-2595.

CONTENIDO

Las palabras del glosario se muestran en **negrita** la primera vez que aparecen en el texto.

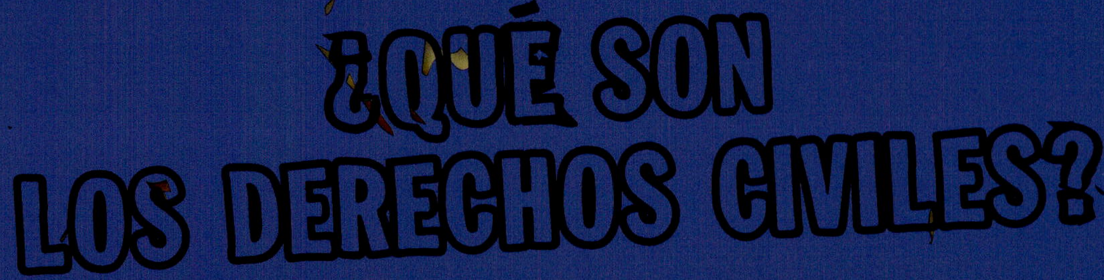

¿QUÉ SON LOS DERECHOS CIVILES?

Los derechos civiles son derechos que pertenecen a los **ciudadanos** de un país. Después de la guerra de Secesión (1861-1865), los afroamericanos se convirtieron en ciudadanos. Sin embargo, sus derechos civiles no se respetaban. En las décadas de 1950 y 1960, comenzaron a luchar por la igualdad de derechos.

SI QUIERES SABER MÁS

La Decimocuarta **Enmienda** de la Constitución de Estados Unidos, la ley más alta del país, hizo que todas las personas nacidas o **naturalizadas** en Estados Unidos fueran ciudadanos. Incluía a los ex esclavos.

EL ASCENSO DE JIM CROW

A partir de la década de 1870, algunos estados aprobaron leyes que impedían que los afroamericanos votaran. Los obligaban a realizarse exámenes o a pagar ciertas cantidades de dinero para votar. A menudo carecían de educación y dinero, que sí tenían los blancos, por lo que se quedaban sin votar.

SI QUIERES SABER MÁS

En ciertos estados, otra ley decía que solo las personas cuyos abuelos habían votado, podían votar. Pero la gente, cuyos abuelos habían sido esclavos, no podía votar.

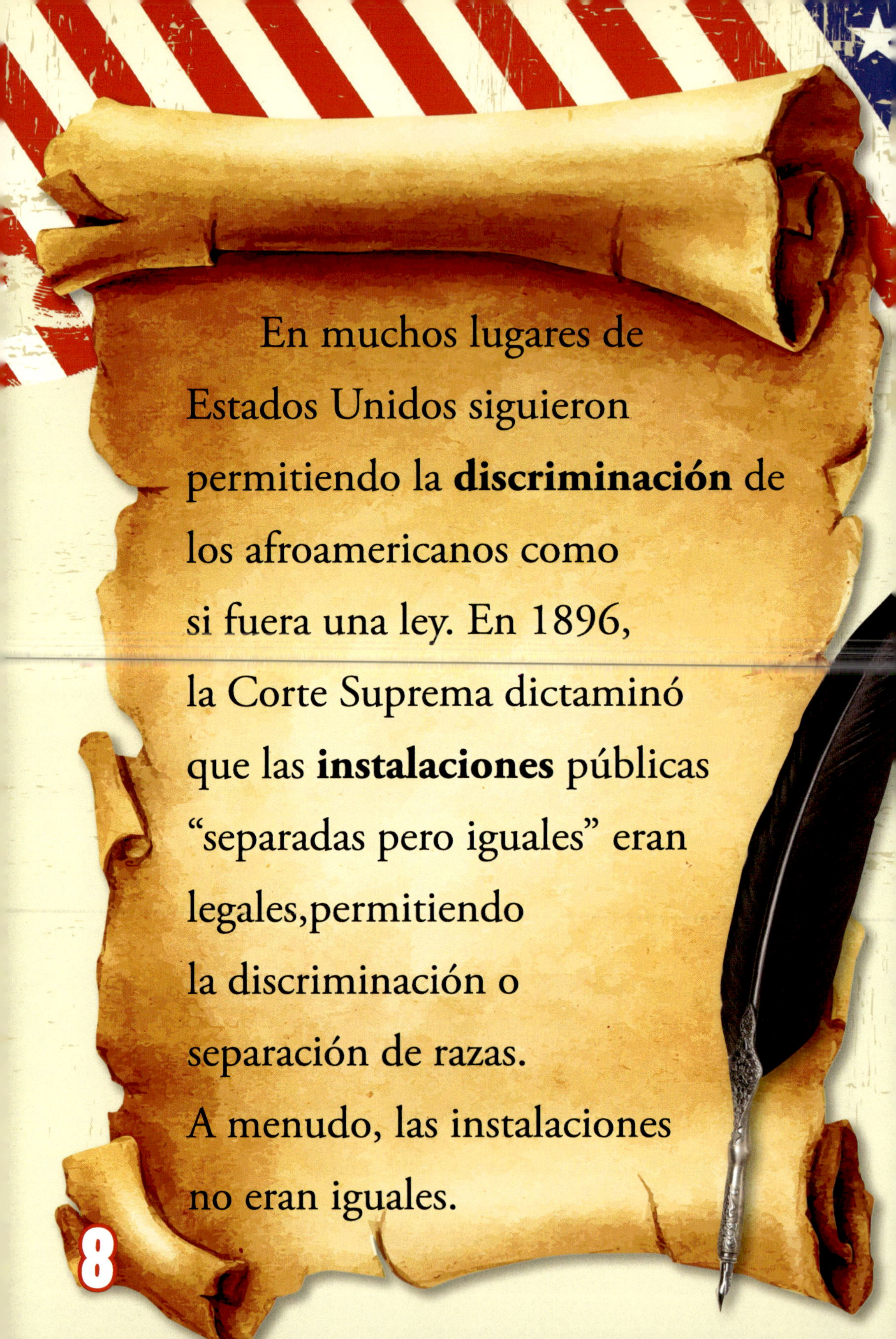

En muchos lugares de Estados Unidos siguieron permitiendo la **discriminación** de los afroamericanos como si fuera una ley. En 1896, la Corte Suprema dictaminó que las **instalaciones** públicas "separadas pero iguales" eran legales,permitiendo la discriminación o separación de razas. A menudo, las instalaciones no eran iguales.

SI QUIERES SABER MÁS

Los derechos civiles incluyen el voto, la educación, el empleo, la vivienda, los servicios gubernamentales y más.

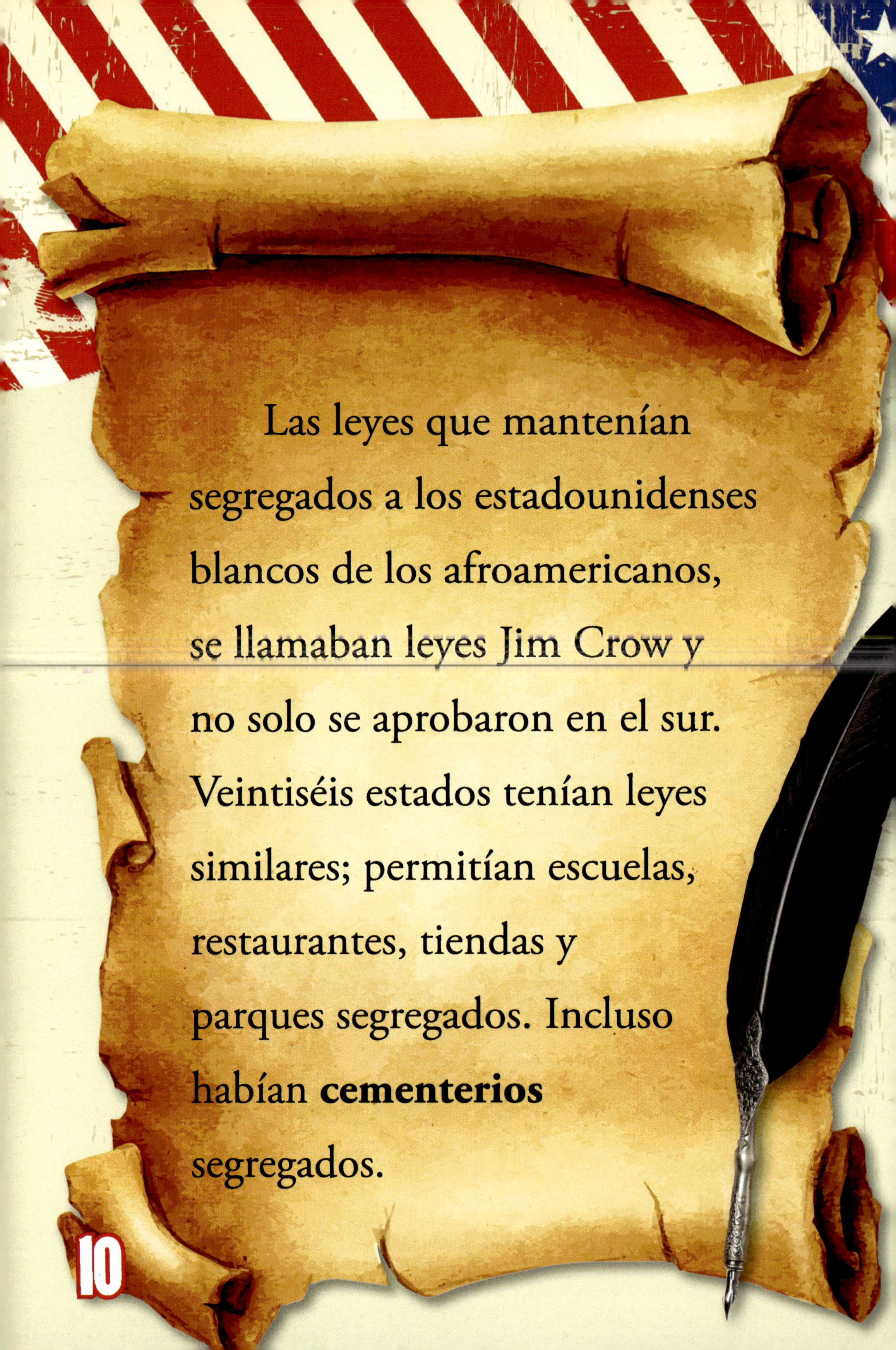

Las leyes que mantenían segregados a los estadounidenses blancos de los afroamericanos, se llamaban leyes Jim Crow y no solo se aprobaron en el sur. Veintiséis estados tenían leyes similares; permitían escuelas, restaurantes, tiendas y parques segregados. Incluso habían **cementerios** segregados.

SI QUIERES SABER MÁS

En sitios con leyes de Jim Crow, a menudo había letreros en puertas y otros lugares. Algunos decían "solo blancos", otros usaban la expresión "de color", **ofensiva** hoy.

BROWN CONTRA EL CONSEJO DE EDUCACIÓN

La Asociación Nacional para el Progreso de las Personas de Color (NAACP por sus siglas en inglés) luchó por la igualdad a través de casos judiciales. El caso *Brown contra el Consejo de Educación de Topeka*, llegó al más alto tribunal de Estados Unidos, la Corte Suprema. En 1954, dictaminó que las escuelas "separadas pero iguales" eran **inconstitucionales**.

SI QUIERES SABER MÁS

El **abogado** de la NAACP, Thurgood Marshall, abajo en el centro, demostró que las escuelas de blancos y las de los afroamericanos, no eran iguales. Más tarde se convirtió en juez de la Corte Suprema.

Sin embargo, la segregación siguió siendo una forma de vida en muchas partes de Estados Unidos. En 1955, una mujer afroamericana de Montgomery, Alabama, llamada Rosa Parks, se negó a ceder su asiento de autobús a un hombre blanco y fue arrestada. Entonces, la gente decidió tomar medidas.

SI QUIERES SABER MÁS

En Montgomery, los ciudadanos afroamericanos debían sentarse en la parte trasera del autobús. Si la parte delantera estaba llena, tenían que ceder sus asientos a los blancos.

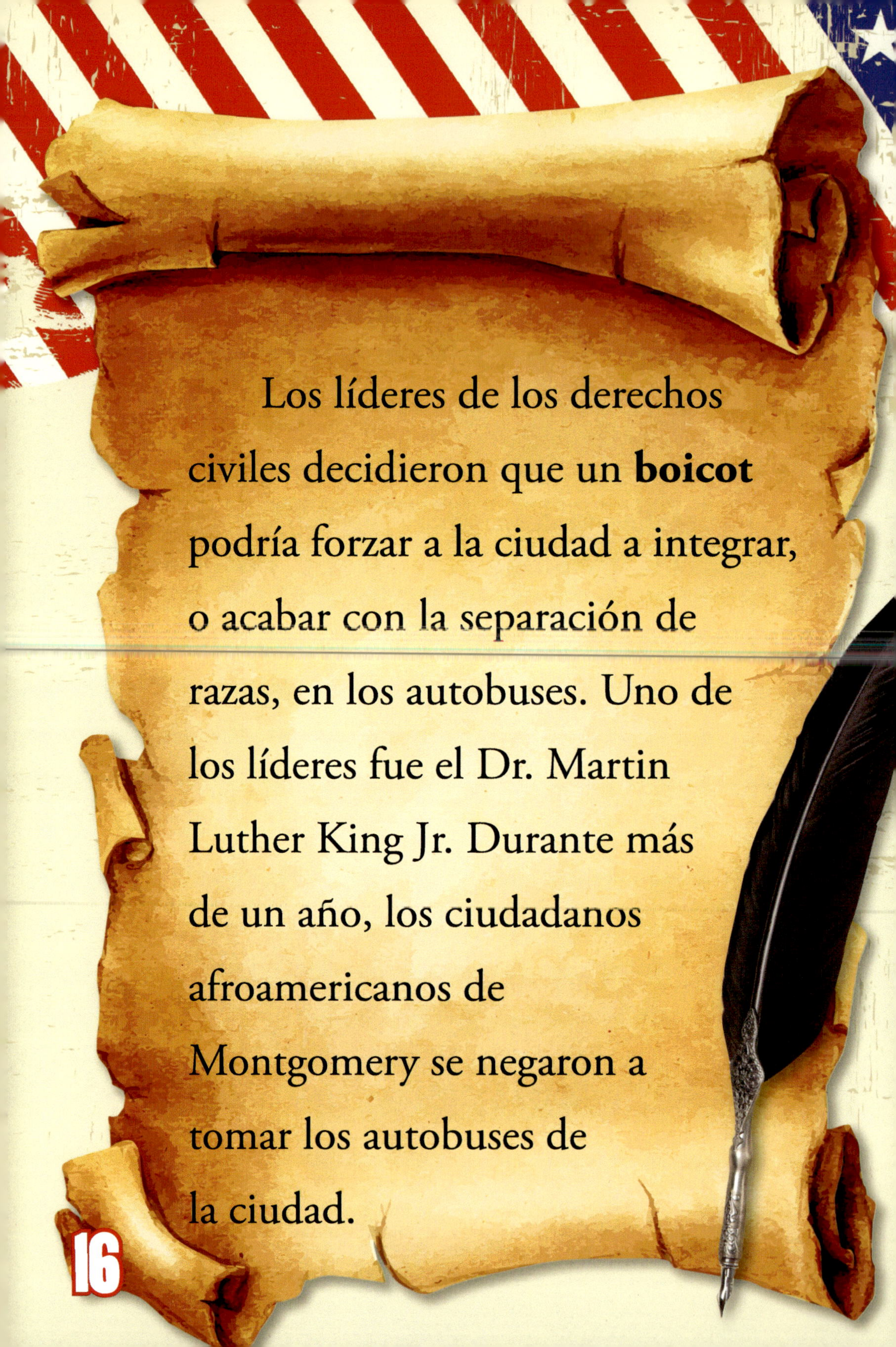

Los líderes de los derechos civiles decidieron que un **boicot** podría forzar a la ciudad a integrar, o acabar con la separación de razas, en los autobuses. Uno de los líderes fue el Dr. Martin Luther King Jr. Durante más de un año, los ciudadanos afroamericanos de Montgomery se negaron a tomar los autobuses de la ciudad.

Martin Luther King Jr.

SI QUIERES SABER MÁS

En 1956, la Corte Suprema finalmente dictaminó que la segregación en los autobuses era inconstitucional.

SENTADAS

Los líderes del movimiento de derechos civiles lucharon contra la segregación de otras formas. Una de ellas se llamaba sentada (*sit in*). Durante este acto de **protesta** pacífica, los asistentes se sentaban en lugares segregados como restaurantes, cafés o tiendas, y esperaban pacientemente hasta que los atendían.

SI QUIERES SABER MÁS

Barbara Posey, de 15 años de edad, fue líder de sentadas en restaurantes segregados en Oklahoma, a partir de 1958.

VIAJES POR LA LIBERTAD

En 1960, la Corte Suprema dictaminó que la segregación no era legal en las estaciones de autobuses ni en los baños. Para luchar contra la segregación todavía existente, partidarios del movimiento iniciaron los viajes por la Libertad. Iban en autobús por el sur, utilizando instalaciones que tenían prohibido usar.

SI QUIERES SABER MÁS

Algunos de los viajeros por la Libertad fueron arrestados, otros recibieron palizas. Un autobús con el que recorrían Alabama fue incendiado.

MARCHA HACIA WASHINGTON

El 28 de agosto de 1963, más de 200 000 personas se reunieron en Washington, D.C. para mostrar su apoyo al movimiento de derechos civiles. Martin Luther King Jr. pronunció su inspirador discurso "Tengo un sueño". Mucha gente se conmovió con sus palabras y reclamó nuevas leyes de igualdad.

SI QUIERES SABER MÁS

King dijo: "Sueño que mis cuatro hijos vivirán un día en un país donde no serán juzgados por el color de su piel, sino por los rasgos de su carácter".

LEYES SOBRE DERECHOS CIVILES

En 1964, el Congreso de Estados Unidos aprobó la Ley de Derechos Civiles para luchar contra la discriminación basada en raza, color, **religión** o país de origen. También prohibió la segregación en los lugares públicos. La Ley del Derecho al Voto de 1965 prohibió las prácticas que impedían votar a los ciudadanos afroamericanos.

SI QUIERES SABER MÁS

El presidente Lyndon B. Johnson firmó la Ley de Derechos Civiles de 1964 y la Ley del Derecho al Voto de 1965.

MALCOLM X

No todos creían en los métodos pacíficos de Martin Luther King Jr. y el movimiento de derechos civiles. Malcolm X, por ejemplo, pensó que debían ser necesarios métodos más enérgicos. Hablaba con gran elocuencia del orgullo negro y tenía muchos seguidores.

SI QUIERES SABER MÁS

Hacia el final de su vida, Malcolm X creía que todas las razas podían vivir juntas en paz. Fue asesinado el 21 de febrero de 1965.

EL MOVIMIENTO CONTINÚA

El 4 de abril de 1968, Martin Luther King Jr. fue asesinado en Memphis, Tennessee. Había estado trabajando para ayudar a los pobres de todas las razas. El movimiento de derechos civiles no terminó con la muerte de King, pero nunca volvió a estar tan **unido**.

Monumento a Martin Luther King Jr. en Washington, D.C.

SI QUIERES SABER MÁS

Después de la muerte de King, algunos afroamericanos se unieron a grupos **militantes** como el Black Panther Party, mientras otros buscaban los cambios desde el gobierno.

FECHAS CLAVE DEL MOVIMIENTO DE DERECHOS CIVILES

1954

La Corte Suprema dictamina que “separados pero iguales” es inconstitucional en el caso *Brown contra el Consejo de Educación de Topeka*.

1955

Rosa Parks es arrestada en Montgomery, Alabama, por no ceder su asiento de autobús. Comienza un boicot contra los autobuses.

1958

Empiezan las sentadas como protesta en Oklahoma City, Oklahoma.

1961

Se realizan los primeros viajes por la Libertad.

1963

Marcha sobre Washington. Martin Luther King Jr. pronuncia su discurso “Tengo un sueño”.

1964

Se aprueba la Ley de Derechos Civiles.

1965

Malcolm X es asesinado. Se aprueba la Ley de Derecho al Voto.

1968

Martin Luther King Jr. es asesinado.

GLOSARIO

abogado: profesional que asesora en asuntos legales.

boicot: acto de negarse a tratar con una persona o empresa para forzar un determinado cambio.

cementerio: lugar donde se entierra a los muertos.

ciudadano: quien vive en un país legalmente y tiene ciertos derechos.

discriminación: acto injusto consistente en dar a las personas un trato desigual debido a su raza o creencias.

enmienda: cambio o adición a la constitución (ley suprema de un país).

inconstitucional: algo que va contra la constitución.

instalación: lugar para actividades profesionales o de ocio.

militante: referido a un grupo, que hace uso de la fuerza para apoyar una causa.

naturalizado: alguien nacido en un país diferente que se convierte en ciudadano del país donde reside.

ofensivo: algo que puede herir, enojar o molestar.

protesta: evento en el que un grupo se opone a una idea, acto o forma de hacer algo.

religión: conjunto de creencias y formas de honrar a un dios o dioses.

unidos: trabajar juntos para lograr una meta.

PARA MÁS INFORMACIÓN

Libros

Braun, Eric. *The Civil Rights Movement*. Minneapolis, MN: Lerner Publications, 2019.

Shabazz, Ilyasah. *Malcolm Little: The Boy Who Grew Up to Become Malcolm X*. New York, NY: Atheneum Books for Young Readers, 2014.

Sitios de internet

Derechos civiles para niños

www.ducksters.com/history/civil_rights/

Lee más sobre los derechos civiles y las personas que lucharon por ellos.

Martin Luther King Jr.

kids.nationalgeographic.com/explore/history/martin-luther-king-jr/

Descubre más aspectos sobre la vida del Dr. King.

Nota del editor para educadores y padres: nuestro personal especializado ha revisado cuidadosamente estos sitios de internet para asegurarse de que son apropiados para los estudiantes. Muchos sitios de internet cambian con frecuencia, por lo que no podemos garantizar que posteriores contenidos que se suban a esas páginas cumplan con nuestros estándares de calidad y valor educativo. Tengan presente que se debe supervisar cuidadosamente a los estudiantes siempre que tengan acceso al internet.

ÍNDICE